깨달음

여울아라

15/ 12

깨달음 여울아라

인 쇄	2019년 9월 25일
초 판 발 행	2019년 9월 30일
지 은 이	김중열
펴 낸 곳	도서출판 보림에스앤피
펴 낸 이	채연화
출 판 등 록	제 301-2009-116호
주 소	(우)04554 서울 중구수표로6길 22-1(충무로3가) 보림 B/D
전 화	02-2263-4934~5
팩 스	02-2276-1641
전 자 우 편	wonil4934@hanmail.net
디자인·제작	(주)보림에스앤피
정 가	12,000원
I S B N	978-89-98252-27-4(03800)

＊잘못된 책은 구입한 곳에서 교환하여 드립니다.

여울아라
15 / 12

깨달음

인사말

진리와 허구, 선과 악, 미와 추 이런 이분법적 사고체제는 진선미를 강조하는 중심주의 사고의 산물이다. 한 집단에 일등이 있기 위해서 나머지는 둘러리로 존재한다. 예술 분야 또한 귀족 계급이 형성되고 있는 요즘이다. 그러나 현대는 탈중심주의이다.

우리는 자신에 대한 믿음이 필요할 것이다. 그 정도에 따라 온갖 질병을 치유할 근원이건만 자신을 못믿어 병을 지고 다닌다고 할까? 깨달음이란 어려운 것이 아니다.

자야가 떠나기 전 1000억원의 재산을 기부했는데 아깝지 않냐란 기자의 질문에 자야는 이렇게 대답했다. "1000억원이 그 사람 시 한 줄만 못해." 또 자야는 생전에 일년 단 하루 백석의 생일에는 음식을 먹지 않았다고 한다. 자야의 유언은 "내가 죽으면 화장해 길상사에 눈 많이 내리는 날 뿌려 달라." 하였다. 사야의 유골은 눈이 푹푹 나리던 어느 날 길상사 앞마당에 뿌려진다.

십일조라는 것 또한 물질적이 아닌 자신에 대한 사랑 또한 배려 이건만 사람들은 흔히 스스로 행하지 아니하고 구원

받기만 바라고 있는 것이 아닐까 요즘에 나는 생각을 한다. 시인의 시선이 겉에만 머물러 있다면 즉, 미적 거리의 조정에 실패하면 그대로 낙서로 추락할 수도 있다. 필요 이상의 틀에 박힌 것보다, 또 문법에 억눌리기 보다는 "찰나"를 토해내어 마음을 비우고 좋은 것들을 채우는 게 살아 있다 하는 것이 아니련가?

따라서 이 책은 개인의 의견을 많이 존중하는 쪽으로 편집 되어 있다. 소통이 될 수 있다면 애써 문법에 맞출 필요는 없을 게다. 흔히 띄어쓰기를 따지는 데, 운률상 느낌으로 붙이거나 띄울 수 있지 아니하련가 하는 깨달음이 있기에 소통에 적당한 거리에 있다면 매끈하기 보다는 무엇인가 거칠어도 그 또한 아름다움이란 깨달음 아니련가? 소신을 표하려고 한다.

한톨 김 중 열

목차

김민석(한결)

김창동(초은)

숲속의 하모니

초대시인 이 생 진 (1929~)

서산에서 태어났으며 어려서부터 바다와 섬을 좋아했다.
해마다 몇 차례씩 섬으로 여행을 다니며
섬시인, 바다 시인으로 불린다.
2001년에 제주자치도 명예도민이 되었고
2009년 성산포 오정개 해안에
"그리운 바다 성산포" 시비 공원이 만들어졌으며,
2012년 신안 명예 군민이 되었다.
지금도 인사동 시가연에서 시인과 대화의 마당으로
매월 말 금요일 오후 7시에 모임이 있다.
"구십이 되어야 시가 무엇인지 안다" 라는
명언으로 삶의 맛을 말씀하신다.

시와 나 사이

그대로 가려는데

모르는 척하고 가려는데

뿌리치고 가려는데

차마 그러지 못하는 것이

시와 나 사이다

때로는 눈물을 흘리며 마주친 얼굴

발에 걸리는 대로 다 기록할 수는 없지만

기록된 것만큼 내가 된다

나는 나를 기록하기 위해 시를 쓰는 것 같다

사실이 그렇다

죽어서는 쓸 수 없는 거

그래서 죽을힘을 다해 쓰는 거

시와 나는 그런 사이다

- 시집 섬 사람늘 에서

김 영 미 (여울이)

69년생 전주에 거주
긍정의 힘으로
나는야 무쇠다리라 자랑하며
산도 즐기고 마라톤은 필수
틈틈히 글 쓰는 즐거움이지요

변화1

행복은 시간 관리, 행복은 몸에 있다
일상을 잘 설계하는 것이 행복이 아니런가
여행이 행복감을 주는 이유? 돈은 어떻게 써야?

에리히 프롬에 소유냐 존재냐
경험을 위한 소비는 행복감이 길고 오래간다
경험이 있어서 추억이 있고 소유란 방금 산 옷 가방~
나는 이거 샀어라고 잠깐 자랑이란다
이런 것들은 돈으로 경험을 산다

이력서 ― 레쥬메 우리 경험에 이력서 티브이.
문자 이야깃거리를 만들어낼 때 행복이 온다,
맹모삼천지교 환경이 마음을 지배한다

그래서 움직이고, 뭘 사는 것보다 듣고 보고 몸으로 느껴라!
단계 영향 규칙 옆에 옆에 사람

그 친구 친구 친구

행복한 사람은 행복한 사람끼리

부자는 부자끼리 사는 것이 아니런가

좋은 사람 옆에 선한 행동을 하는 사람,

책을 읽으니

부자 되고 싶은 사람은 부자를 따라 한다

변화2

가난한 사람은 가난한 행동만 하고
변화하지 못한다
주변에 선한 영향력을 주는 사람이
진정 행복한 사람
돈을 주고도 들으라 해도 아무도
미래를 위해 스스로 변화하려 하지 않는다

그 환경을 나와서 듣고 배우고 움직이고
아픈 사람들을 위해 선한 건강 전도사로써
나의 일을 즐겁게 받아들여야 하겠다

책상에 앉아서 공부하고 시대에 흐름을 알고
트렌드를 읽고 내가 먹고 자가소비 내 멤버십
앞으로는 건강하게 좋은 사람들끼리 오래 살아가잔다

행복이란

일상의 일상에 의한 일상을 바꿔야 한다

삶에 방식들을 속성들을 바꾸고

세상이 변하려면

나의 습관부터 바꾸어 본다

자연인

유 용 형 (유형)

시집 월막으로 등단
現)한국문인협회 회원
現)현대시인협회 회원

들꽃

친구야 약속 못 지켜 미안하네
지난밤 꿈속에서 귀한 손님을 만났거든
남은 길 같이 가자며 손을 덥석 잡았거든

보리밭 사잇길 노래 부르던 친구야
바라보면 가는 길이 너무 서러워
길손해서 함께 가기로 했다네

비오면 하염없이 멈춰버리는 길
같이 젖어서 가자는데 같이 가야지
친구야 섭섭하게 생각 말게
다음에 만나거든 속을 다 털어놓세

들꽃 하도 눈에 끌려 길손이랑
시간 가는 줄 모르고 하염없이 서있었지
그 향기 버리고 어찌 갈 수 있겠나

꽃들이 색을 갖고 흔들면
꺽다리같이 붉어져서 그냥 서버렸다네

일어나면 꿈같아서
아침도 세수도 없이 살고 있다네

나이 먹은 친구야
내가 못가는 건 이해하겠지
같이 가는 길손 좋아서
그제도 가고 어제도 가고 있다네

감춰왔던 비밀 하나 말하려네
나무라지 말게 친구야
알고 보니 내 몸 한갓 들꽃이었네

틈

.

벽돌과 타일의 줄눈이 철벽 감시하는 도시에서
빈틈을 찾아 떠다니는 풀씨는
시스템 창호에 숨이 막히다가
사람들 틈바구니에 낀 틈이 터질 때의 균열
그 틈에 씨를 박아보는 식이다

뚝딱거리는 소리 또 벽 막는 소리
빈틈없는 인간처럼 도시는 변해간다

도시의 문틈으로 책받침을 끼워 시골의 문을 빠끔히 열면
앞뜰 뒤뜰에서 연기가 익숙한 숨을 내쉬며
몸을 비트는 기둥에 휘감겨 결대로 틈을 낸다

틈, 가는 빛과 가는 소리가 자주 왕래하는
작은 벌레들이 일상의 잡념처럼 드나들어

선선한 숨소리 들리는 너렁청한 대청마루 틈

손가락 집어넣어보면 어둠에 물려서

흘려버린 생각 주워 올리지 못하고

쫓으면 다시 틈 속으로 숨어버리는 비밀스런 여행

여유로운 오침을 즐기고

다시 틈이 없는 불안한 도시의 일과를 맞는다

도둑들 틈바구니에 몸을 숨기고

찌든 도시의 불만으로 까맣게 끼어있지만

양심의 틈을 찌르는 과정을 지나

밤이면 벽 틈으로 물 내리는 내밀한 소리

짙게 드리운 구름 틈에서 꿈틀거리는 도시의 빛을 끄집어낸다

슬픈 숲

채 연 우 (마등)

1969년생 충남 서천 태생
現)광주 거주
본명/강채연, 예명/채연우
라이브 가수 노래
참 좋은 인연입니다 / 귀로
내 남자니까 / 가을 꽃(추화)

세월의 흐름

한껏 부풀어 오른 구름은
비누 거품되어 뭉실뭉실 찬란하기를

종달새처럼
예쁘다! 예쁘다를 주절리며

궂이 포인트를 주지 않아도
들이대니 예술작품이다

그 구름아래
잠자리떼 무리지어 나는 걸 보니
가을도 내곁에 오려는가

들판은
곡식을 달고 살을 찌우며

간간히 불어주는 바람에
지난날 휘젓고간 빗방울을 털어 말린다

담장앞에
닭벼슬을 달고 메달리는 석류도
시큼 달콤하게 톡톡거리며 익어간다

주렁주렁 늘어진 노각은
뙤볕에 시름하던 허기를 시원하게 달래주고

나무끝에 메달린 조각그늘은
이마의 땀줄기를 훔쳐주니
자연은 늘 조화롭고 배려로 풍요로

세월의 흐름에
주름을 달듯

내 인생의 흐름도
자연스레라 주름지며 허허롭기를
대자연으로 닮아가려거늘

꿈꾸는 소녀

이 원 영

1964년생 부산 영도 출신
부산공업고등학교 금속과
부산과학기술대학교 디자인과
대한민국산업디자인전 목공예 입상
미술 실기교사 자격증
부경대학교 인쇄공학과
(주)코볼마니상사 대표

글은 자주 쓰기는 하지마는 책자에 올려보기는 깨달음이
처음이라 쑥스럽기를... ㅋ

탄생

창가에 피어있는
들국화 14송이. 못난 화병에
항상 먼지만 마시지만
지지 않고 피어있는
네 모습이 대견하다.
내가 널 볼 수 있는건
아침에 눈뜰때와 자기전 잠시뿐.
그래도 널 생각하는건
24시간도 부족할 따름이다.
널 전해주던 그 손은
이방인을 동정하던 손길.
하지만 난 고마울 뿐이었다.
심지어 그 손길의 마음까지
다 받은것 같은 착각에 빠졌지.
네가 가진 의미는 무엇이라도 좋다.
중요한건 마음뿐. 너에게 햇빛을 준다.
마음이 고운이여
오늘도 그대를 떠올리며
꿈길을 걷는다.

시계

오래된 시계를 통해
시간 여행을 떠난다.
먼지 가득쌓인 박스
그속에 멈추어 버린
아버지의 손목 시계
어머니의 영혼 같은
납골당 어느 한켠에
자리잡은 시계 바늘
옷장 속에 대기중인
선물받은 귀한 시계
내손 거쳐 대물림한
아들의 사춘기 시계
수없이 바뀌는 딸의
오색빛 꿈같은 시계
지나간 시간 사연과
있는 장소가 달라도
세월 이라는 추억속
시분초 같이 손잡고
입꼬리 올려 주네요

우녀

이 춘 원 (로맨스리)

1963년 전북임실 옥정호출생
現)경기도 부천 독실한 기독교
한톨과 카스에서 만난지 7년차?
낙서로 가끔 끄적이다가
용기를 내어 이번 깨달음 동인지에
첫작품을 올려봅니다
일명 로맨스 리

정선 아우라지

칠흑처럼 어둠이 내려앉은
정선 아우라지 산골 촬촬촬
촬촬 차오르니 도무지 앞이 안보인다
흑암이 눈을 가리고 흐르는
물소리만 요란스레라

도무지 알순 없지만
희미하게 보여지는 자연에 순리
세상엔 거짓도 흑암도
아무것도 아님을

향긋한 풀내음도
샤샤시한 사람의 향기도 아닐진데
족쇄처럼 다가오는 이 시간
기나긴 어둠을 끝으로 지나가버린
한날을 되새겨라

오늘은 오늘 하루로 만족하자
내일은 더 환희에 찬 오늘이 기다릴까
숨죽이고 어둠을 밀어내고 오늘을 잊고
붉은해가 떠오를 내일을 꿈꿔보자
오늘이 아닌 내일을......

북한산 여인들의 전설

신 춘 선 (예랑)

경기도 포천 거주
사)한국문학작가회 이사역임 / 사)문학애 이사, 시분과위원
문학애 낭송협회 부회장

시집
날개 잃은 새의 기도
비의 그림자
공저/꾼과 쟁이
오솔길의 문학애등 다수

말이 별로 없어요 은근한 들국화 향을 풍기는 매력녀 여울아라 초기부터 쭈욱♡

시심(詩心)

발가락 끝이 저리더니
혈맥이 막히기 시작한다

가슴이 굳어지더니
마음이 아려온다

내리는 빗물로
차창을 닦고 있는

긴 막대를 든 여자가
창밖에 어른거리는 것이다

딱딱하게 뭉쳐진
생각의 덩이들이

식어버린

차가운 혈류를 터트리고

빗속을 유영한다

빗물 속에 떨어지는 詩語들은

결코 주워지지 않았다

헛손질은 계속 되는데

산천에 떠도는 이름아

여기서부터 저 끝까지
거기서 또 다른 끝까지
울음소리에 끌려
웃음소리조차 너이기를 바랐던 길

집집마다 골목골목마다
애타게 두드리던 손끝만 바스라진
너인 것 같아
너였기를 기도하던 끊어진 심장조각들

어디다대고 불러야 하나
대답도 없고 메아리도 없는
네 이름은,
네 이름은

울컥, 울컥 핏덩이 되어
목젖을 터치고
땅바닥을 뒹구는데
아가야, 내 아가야 한 번만 안아보자

산천을 떠도는 네 이름 들리지 않느냐
네 얼굴 한 번만
꼭 한 번만이라도
쓰다듬다 잠이 들자 내 아이야

네 얼굴 한 번만
꼭 한 번만이라도
쓰다듬다 잠이 들자 내 아이야

자연인

송 영 애 (효빈)

54년생 창원 출생 김해 장유

글쓰기를 좋아해 여울아라와 인연 닿아 기쁩니다

자신의 아호가 소녀이름 같지 아니하냐

수줍음?도 탈 줄 아는 모냥새

그대로 일반적인 틀을 벗어난 글꼴 또한 푸성귀 같이 성성하다

아마 그래서 여울아라에 합류한듯도.

서피랑에 부는 바람

삼복더위
꾹꾹 눌러 참아가며
언덕위에 올라
먼 바다를 바라본다
서피랑 정자에
통영 바닷바람이
떼 지어 올라와
뜨거운 열기를 껴안고 뒹굴며
춤바람 일고 있다
함께 수다 떨며
앉아서 쉬어가는 곳
거대한 찜통 푹푹 찌는 여름날을 환기시켜
주는 쾌적함
이보다 좋은 곳이 어디 있을까
그리운 인연만큼 반가운 담소
상큼한 이 기분 죄다 풀어놓고 가니
여름널이 다 가도록
내 잊지 못할 것이다
서피랑에 부는 바람을...

슬픔도 아름다운

희미하게 어둠을 가르고
들리는 듯한 저 소리
아주 느리게

올 듯 말듯
빗방울 떨어지는 소리가
고요한 새벽을 알리는 시간

멍든 꽃잎 젖어
봄꽃이 슬픈데
그 슬픔마저 깨어
반기고 있는 건가

소소한 일상이 주는
평범함이 좋은 하루
만물을 지켜볼 수 있는
여유로움은 삶에 축복이다
감사드리는 편안한 품이
넉넉하기를 기도한다.

숲속의 물고기와 새

지 미 경 (채목)

59년 서울 태생
세상과 늘 함께 하고픈 살며 사랑하자 우물 밖으로 나오려
여울아라에서 글을 쓰기 시작했네요
지금은 경기도 장흥에서 부모님을 케어하고 있으며
늦게 배운 글 도적질 중
오늘도 마음을 치유하려
글에 도전하고 있네요

고뇌

지랄같은 세상
한번 제대로 살아 보려고
소리 한번 꽥 지른다

무엇이 자신을
그리도 괴롭게 하는 것인지
이제 모든 것들
내 가슴에 안아보련다

그리움도 내것이요
외로움도 내것인데
아니라 소리 지르기를
나를 부정하기를

세상은 이쁘지 않다. 우리는 마술에 걸려
마술 속에 놀고 있다. 웃는 내가 웃는다

세상에 사랑이란 단어로
나를 사랑하며
사랑을 받고 싶을 뿐이다

병원

늘 병원에 오면 무섭다
기다리면 더욱 그렇다
괜찮아요 이야기 소리가 귀가에 들릴 때까지
불안 초조함이 가슴을 짓누른다

언제까지 이 싸움을 할까
병원 다니지말고 조용이 눈을 감았으면
좋겠다는 생각이 미칠때는 그저 내가 싫어져
나와의 싸움을 끝내고 싶다

이것이 한계다 좀 더 사랑하면 효녀이고
스톱이면 불행이다 사회의 편견이다
우리 그러지 말고 어린 냄새를 맡아보자

옳고 그름은 나의 마음뿐이다
이제 죽음과 싸움이다

사랑

그리움이란 그릇에
외로움을 담으면 어떤 모습 일까

뇌에서 울다 웃다 한다
담을 것은 많은데
절제에게 밀려 울음을 자아낸다

우주에서 가장
아름다움이란 사랑이 춤을 춘다
지난날, 현재 또한 미래를
웃으며 찾아보아도

사랑만큼 어울리는 단어는
생각나지 않는다

그래 그랬다

그것이 삶이다
이 한마디가 가슴에 즈며들 때는
그녀는 할머니가 되어 있었다
추억에 메여 있어 꿈틀대며
살려고 쥐어 짜며 오늘도 살아간다

모두가 내것 이었던 지나간 시간에
그 가슴은 웃을 수 없다
사랑이란 단어가 날아갔다
사랑은 서로가 까르르만이 아니고
기쁨 안아주며 눈물도 공유하는 것으로
서로 아파하며 손을 잡는 것이다

바보 그는 영웅이다
지금도 따뜻 하니까

싫다 거짓이

그녀는
꿈을 꾸고 있는가
물어 보고 싶었다. 살아 보고 싶었다
유형은 많다. 모두 내 기준이다
하며 묻겠다 한다

뇌속은 별을 만든다
그 별들을 함께 하려니
거짓이 춤을 춘다
그녀는 효녀로 불리는게
싫다

어디까지나
그건 사랑이다 무한 사랑
스스로 아니라고 해도
모두 이쁘다고 한다

말로만

원하는 그네들이

싫다고 한다

그녀에게는

악마도 존재 하고 있다

어서 가시옵소서 하는

불효의 바램이 있어

치매의 부모를 같이 하고 있는

이 순간이 지옥이다

하며

그녀는 그래서 운다

어찌해야지 어찌해야지

그리하며 꿈을 꾼다

자석일랑

철들지 못하고 늘 제자리 걸음
주위에서 맴돌다
응원에 목소리는 힘찬데
받아들이는 소녀는 늘 그자리다
과거라는 숲에서 놀고 있다

언제까지 그러려나
가여운 마음에 툭툭 건드려본다
이 무기력감이란 알 수 없는 세계가 지배를 하며
을이라는 존재는 사라진지 오래다

무엇일까 음과 양 자석일랑
사라지는 모습이 안타까워
정일랑 무엇인가? 하며
툭! 던져본다

고발

세상이 날 웃게한다
이것이 진실이라고 하면
다른 진실이 나타난다
정글을 탐험하는 내가 되었다
진실은 찾으려 아니 하고
난 나를 사랑할줄 모르고
그렇고 그렇게 살아 왔다
모두 나와 같은 아픔에
울고 있는 줄 착각한
나를 고발 한다

그리고
나는 울어버린다

슬픈 하루

아들에 전화받고 펑펑 울다
바닷가 집에 왔는데 슬프단다
기억이 지배한다
왜 우리 고기먹으면서
말을 끊는 기계음에 같이 운다
인연에 끝은 없다

그래 엄마에
어서 먹어 그 소리가 울린단다

그래 나에 꿈같은 아들
언제부터 바라보는 시절에서
같은 꿈을 꾸고 있다
할미는 이렇게 성숙한다

내려놓고

넘 좋다
따사로운 햇살이 익어가는
방금의 하늘 바라보며
웃음을 빙긋 머금는다

마냥 소음 속으로 들어가고파
걷는다
발자국 소리도 없다
마음에 새기며

어허~허
나를 내려놓고 내 삶도 익어가고 있었다
정돈되지 않는 그릇에 나를 담는다

연인

조 철 식 (雲友)

69년 대전 출생
현실의 비포장 도로에서 살아온 2030을 지나
마흔 너머 음악 작곡에 입문하여 활동을 준비중이고,
시창작을 즐겨
50대 초반 한울문학 신인상 수상하여 시인으로 등단
'삶은 음악처럼 율동있고 시처럼 채워있게'

민들레

새하얀 민들레
청초한 아낙되어
내 들판에
맑은 수 뿌리네
그 꽃 내음
은근히 밀어지는
부드러운 젖가슴 되어
포근히 감싸이다
떠다니는 꽃잎의
우아한 나래짓으로
아무도 모르는
둘만의 하늘로
데리고 간다

생각모양

네모난 생각모양
접시물에 잠겨
고개를 숙이다
파르르 떨며 가고

동그란 생각모양
장신구에 매어져
반짝반짝 흔들리다
색 바랜 유물 되고

모양없는 생각
방향없이
떠 다니다
유유한 새가 되네

낙원이로소

비가 오면 휴식의 맛 부침개와 막걸리를 마시지 않아도 삶이
비어지지 않으니 역시 오십대에 맞이하는 변화의 소용돌이는
예상 밖 비오면 쑤셔데던 혹사의근육들 이젠 비소리에 감각
도 묻혔나

빗물 위로 떠나가는 쓰레기 조각배에 뇌리를 조여왔던 지난
욕망 태워 보낸 홀가분함 몸 비 속으로 깊이 깊이 피서가듯
숨겨본다

아! 여기가 구름 위 낙원이로소

짐승폐기

무릎의 통곡
어금니가 눌린다
악령이 휘두르는 채찍날 속에
환생할 날 기다리는
짐승으로 갇혀진다

더 빨리 비수처럼
더 높이 가득 채우고
더 멀리 확장하고
귀 없는 악령에게
재갈물린 사람들은
올림픽 선수이다

금전 세상에서 배척받는
수탈지대 생명들
짐승폐기 결정하는
악령의 결단에
눈물은 넋이 된다

쟁반

밀가루 반죽이
손의 물기 배인듯
히죽이며 반질댄다
오븐 타이머 째깍째깍
허기를 쪼아대고
풍미가 기름칠 한다

사람 수와 수고로 나뉘어진
쟁반 위 빵 조각들
공생의 침묵 속에
삶 달래려
입속으로 가고

쟁반에는 분배의 잉여가
마음을 대신한다
채워도 비워도
빈 속의 아쉬움은
외로이 불씨가 된다

강 성 선 (선랑)

66년산 청주산 아지매
지금은 전주에서 살고 충북 괴산에서 근무중
모든 일에 최선을 다하자
여울아라에서 글쓰기 시작
외유내강의 야무짐이 더하기를... ♡

행복

사랑은
행복 그리고 웃음이다

참을 줄도 알아야 하고
때론 자신을 위해 너그러움 피워내나니
향기로 더 행복해질 게다

소중한 하루에 실려오는
사랑하는 그 사람을 떠올리면
절로 웃음꽃이 나올 게다

사랑하는 이가 있어서

행복한 하루를
마음껏 열어제칠 거다

요단강 건너

안녕하세요
밤새 잘도 주무셨어요

삶은 인생은 무상인가 봅니다
아무도 없는 낯선 곳에 예쁜꽃 한송이
피는 것을 채 보지 못하고

세상에 의지 할 곳 없어
눈 감아 버린 모르는 이 낯선 친구야
삶에 끝자락에서 많은 이들과

소통하고 싶었지만 누구 하나
의자 내주는 이 없어서 세상을 외면하고
눈을 감고 요단강을 건넜구나

아무것도 모르는 낯선 친구에게
그 고향에 잘가라 작별에
인사를 나누며 다음 생에는 더 행복하게
더 잘 살아보자 부탁할 터

딸아

딸아
어여쁜 공주로 기억 할 수 있어
엄마 또한 보람차단다

지금처럼 나태하지 말고
열심히 부지런히 하루를 웃고
행복하게 사는 게

지금이 제일 소중한 시간이란다

오늘을 긍정 속에 품고 삶을 살면
울 공주 또한 큰 사람이 되겠지

꽃 세송이

동네 한 모퉁이에 핀
백합꽃 세송이를 말해볼까
백합꽃 향이 온 집안에 식당에도

커피 좋아하는 나는
커피향과 백합향이 함께 춤을 추니
사랑하는 이의 마음을 보네

방긋 웃는 백합은
오늘 하루도 설레임과 행복을 데리고와
백합꽃에 눈 인사를 나눈다

너의 본분을 다한 꽃에
감사함을 보람을 나누며 절친 언니하고
함박꽃으로 이야기 꽃을 나눈다

오랫동안 살아온 정으로 사랑으로
항상 하루가 행복 하길 바라면서

보혜의 웃음소리

어린 손녀 보혜는
핑크색깔을 무지 좋아라 한다

손녀가 좋아하니
핑크 옷을 또 사서
선물로 건넨다 보혜야

항상
웃고 건강하고 지혜롭게
잘 자라다오

보혜를 생각을 하면 자꾸 보고파진다
하이양 피부에 핑크색 드레스
그 모습은 어린 공주님이네

사랑해
항상 밝고 예쁘게 자라다오

늘 바쁜

서글프다 내 사랑아
보고싶다 외쳐도 돌아오지 못하는
사랑하는 당신

열심히 일을 한다지만 때론
술술 술타령에 술 마시려 나간다

밖에 나간 그대로 서성이며
그대가 오기를 기다려라 기다리네
사랑 사랑 내 사랑아

왜 그리 힘들게 하냐구 묻고싶다
돌아오고 싶은 나
늘 바쁜 당신이기에

사랑하는 큰딸에게

항상 함께
해주어 고마운 울 큰딸

누구와 함께 하든
그 누구와 동행 하든
보석처럼 빛나고
후광으로 예뻐져라

너는 나구 나는 너이기에
옳고 바르게 엄마처럼 늘 참지 말고
너는 나름의 아름다운 세상을
잘 그리며 가정에 안식처를
만들어 살기 바란다

눈에 넣어도 보고픈
두 딸을 늘 생각하는
에미가 말 던지기를

윤 효 순 (정랑)

정랑 윤효순 60년생

전북 남원 춘향고을 태생

現)전주에서 거주

한톨 김중열 스승님을 만나

글을 처음 쓰게 되었습니다

가장 좋아하는 사자성어 인간지사 새옹지마

자연의 순리대로 감사함을

...

가을이 오기전에

한여름 해는 하늘 위에 동동 대지(大地)를 달군다
계곡을 향하여 나만의 여행을 떠나고 싶다
살기위해서 살아왔다고
미움도 원망도 거두어 띄워가자
풀리지 않는것을 찾아서
남겨진 응어리 자기(自起)를 위하여
뜨거운 여름에 하나씩 풀어지게 하자
여름을 이렇게 보낸다면
가을은 기쁨이 차곡하리
살아간다는 것은 사랑이다
사랑하기에 살아간다

뛰어라 넓게

만나게 될 사람들은
모두 의미 있는 존재

자기의 생각을 앞세우지도
상대를 비하하는 것이 아닌 높임을
허세 부리지 않고 분수를 지키는 것이

참말로 어려운 처세라고
만나야 할 사람들이 많기에

입술에 돌덩이 달고
가슴에 사랑을 담고
생각은 화니피는 꽃처럼

그리 산다면
이보다 행복할 순 없을것 아니한가

겸손
사람을 끌어 들이는 수레를 타보자

고독의 장대

해저문 하늘가
그리움 담아낼
마음에게
똑똑 두드린다

노을이 멀어져
밤을 부르고
고독이 이슬로
가슴을 적신다

저홀로
움츠린 날개깃
눈물 세수로
고독을 닦는다

닦아도 닦이지 않는 것
고독을 치우려 시간을 엮은 체
잠이 든다

사랑 그리움을 담다

슬픔에 젖어드는
땅위의 삶에
한톨로 떨어진 별
그리다
그리우면
어리는 모습
영원히 흐르리라

사랑
원도 한도 묻힐
긴 강으로
내가 강물 되어 흐르노니
별로 띄워
가슴에 담으리
사랑

외로운 꿈

인연
사계절 내내
그리웠습니다

이제는
사랑이라고
말할수 있습니다

활활 타다 남은 저녁놀

엊그제
우리집 큰 오라버니
슬픔의 날개깃 하늘로 떠오르고

죽마고우 친구분이
천국을 가셨다고
수척한 얼굴로 하늘을 우러른다

아쉬워서 몸살을 앓고
못다한 사랑은 가슴에 별로

운명의 별 하나
땅에 떨어져
하늘을 나는 별이 되었다

저녁놀에 저렇게도
긴 강이 흐른다
보고 싶은 얼굴이여

함께 살아요

무엇으로 사는가 질문에
생각이 나질 않는다
그렇다고 먹기 위해서 산다고 말하련가

고독(孤獨)이 찾아든 자리는
갈곳도 마땅치가 않은듯
방안을 맴을 돈다

가는거야 그곳으로
너도 가고 나도 간다
함께 있으면 고독(孤獨)이 깎여질까

현실(現實)

평범한 일상
아침에 눈을 떴을 때
무의식과 만난다
곧,
의식의 물결이 이야기를 만들고
꿈을 꾸게 한다
어제 꾸었던 꿈의 연장이기도 하고
불현듯
또 하나의 꿈을 더해
현실 하나를 믿는 훈련일지도 모른다
하면된다,
작은 세상 하나를
창조해 보는 연습을 한다
열린 마음으로
젊은 정신을 가지고 있다는 것
나에게 빛이다

남은 청춘

세월 추(錘)
바삐도 간다

주제넘친 생각으로
청춘이 얼마쯤 남았나....

생각해보니 양초 꽁다리만 하다
그래도 실망치 않고 끝까지 타버리자

남은 사랑 태울 수 있을때
아끼지 말자고

심지까지 태워버린 촛불처럼
사랑은 이렇게

나를
태워 빛을 만든다

오징어 다리

마른 오징어 다리 연탄불 위에
지글오글 쪼그라 드는 빨판에
불이 붙는다

밤을 태워 하늘에 연기를 풀고
실실 씹어 보는 것건 찜찌름한
다리 하나에 어금니를 지글지글 간다

침이 마르도록 닳고 닳아
질겅거리며 씹어대는 너란 놈
고독이더냐, 슬픔이더냐

팬한 땅콩 너란 놈이 멍석말이하듯
조동아리로 처박혀 씹히는 맛
쐬주 한잔이 친구답시고
위로가 되는 술잔에 비추는 너

오글 거리는 다리 몸살을 치는구나
고독이 지랄을 떠는 밤이다

애인(愛人)

연인으로 살고 싶은디
애인 구해요
요래 광고를 할 수도 없다는디

그놈의 체면 때문에
남녀의 사랑은 쪼맨한 행성
청춘은 지금부터라고

글잔치 연인이 되어 함께 뒹구는 사랑
밤낮으로 주구장창 우주가 되어
여울아라 창가에 서성여 힐끔질

개성을 읊어대는 좋은 사람들
근묵자흑(近墨者黑) 칠하여라
피고지는 삶으로 말(言語)꽃 놀이를

은빛 도끼 잔가지를

금빛 도끼 말(言語) 장작을 패 보자고

감성이 살아 숨쉬는 아름다운 여울아라

글을 좋아하는 사람들이

애인 입니다

감정을 녹여내는 멋드러진 애인이여

발하라

멋진 여울로 아라로 흐르기를

풋사랑 풀내음

완벽한 사람 보다는 빈 구석이
군데군데 보이는 가꾸지 않아도
그냥 놓여져 있는
잡초 우거진 길이 힘 들지라도
그대로 놓인 풀섶 길이 참 좋으다
소박한 밥상을 사이에 두고
"어여 당신도 먹어
　　오늘도 고생 했구면..."
먼저 수저 들기를 권하는 평생지기

세련미가 넘쳐 난 도시녀 보다는
부지깽이 휘젓은 아궁이에 군불 지핀거 마냥
갓사랑은 갓지은 흰쌀밥에
묵은지 쭈욱 찢어 걸쳐 먹는 평생지기
참사랑 가치는 마음속 샘물로 솟아라
"오늘도 고생 했네"
말 한마디가 얼마나 힘이 나는지
평생지기 바라보는 사랑은
서로의 미안함 가득 이여라
반쪽이 보태어 한쪽이 된 감사함 이여라

노을빛 신사(紳士)

어슴프레한 하늘가 황홀한 빛
하도 고와 눈가 윤슬로 반짝인다

그리움 두둥실 떠밀려
해저문 노을자락도 아쉬움 뿐
노신사(老紳士) 가슴을 아리게 한다더냐

삶의 끝미에 사랑을 품어
함께 하자던 약속을 잊은게 아닌지
되물어 확인이라도 해야 할지

바쁘다는 너에 삶의 단추 하나가
왜 이리도 복잡하더냐 묻고 싶지만
아서라 이짓도 그만이란다

땅위에 드리운 노을빛
생각따라 변하는 모습임을
혼자만의 그리움은 아니겠지

중얼거리다 혼잣말을 퍼트린다
대체! 너는 누구길래

바부탱이 황새 3

'잘 살아 보세'
글 하나 맹글어 올렸는디
아 글씨 우리 스승님 댓글 모드
지구 자천축 흔들리며 돈다는것 몰랐지롱
요 댓글에 신바람 납니다

어느날
글 좀 써 보갓다고
덤벼 들었습니다

모르니까
무식하게
덤비지요

무식하면
용감하다
요러콤요

운동하다 말고
지구의 자전축이
흔들거리는걸 몰랐다고
알려주신 여울아라 15
한톨 스승님
그러니까 배우는거 그렁것 아니것소잉

유식이 모자라
무식이 대통이니
쿡쿡 찔러도 보고
문질러도 보고
껍데기 훌러덩
벗겨도 보면서
알맹이 나올때까지
열심히 까불어 알곡 되볼라고
무식으로 들이 밀어 봅니다

사랑

김 민 석 (한결)

64년생 대전 수필가 시인 여울아라에서
한톨 어사님이 좋아서 차례차례 따라 가는 중
폐북에서 어느 날에 갑자기 시가 좋아져서 달려든
머스마 요즘은 한톨의 시를 평론까지나 하겠다며
조곤조곤 수다로

편지

담너머로 던져진
편지 한 장엔
하얀 장미 한 송이

비가 개인 오후였어

바람도 시원한 담장엔
비 방울이 무지개를
그려내고 있고

편지지에는 하얀 장미
한 송이가 향기를 품고 있었네

파란 대문을 여니
바람에 장미 향기가
누군가의 뒷모습을 닮았지

비가 개인 오후 였어

욕망의 늪

스멀스멀 피어오르는
욕망의 문을 열까 말까

밀고 들어가면
후회감이 파도의 물결마냥
철썩 철썩 덮치건만

오늘도 문의 손잡이를
만지고 있네

세월속에 쇠약해진 육체건만
애닯은 마음은
속세의 때를 벗지 못함인가

태양빛에 젖은 몸 말려
북어마냥 걸어 놓을까나

맞담배

담배 한 대 피우고
앞을 보니 어엿쁜 계집아이
본체도 아니 하고 담배 한 모금
훅 하고
저걸 그냥 그냥! 실소만

첫여인 만나
입맞춤하는 설렘에
그녀는 어떨까만

앙증맞고 귀엽다는 생각이
드는 것도 사랑 일려나

벤치에 앉아 빨간 입술에
담배 한 대 빨아 들이쉬는
숨소리에 옛 어른의
사랑을 느끼는
너와 나의 맛담배 맛

여름 밤은 매미 소리에
기울어져 가는데
담배 빨아대는 입술이
내 귀를 울리누나

어디 내 담배도 빼앗아 볼래?

불새

울음이 불이 되어
타오르는 불새여

삼라만상을 불의 눈에 태우고 또 태워
흘리는 너는 여인의 눈물인가

삶과 죽음의 경계를 온 몸으로
날개짓하며 신비의 생명수를 먹는
불새의 여인

우주의 조화로움을
소우주로 삼아 성스러운
불로 거듭나는 너는
불새의 여인

타거라 또 태워거라
우주의 먼지 한 올
태양마저 한 점의 먼지로
태워 울고 또 울부짖어라
불새여!

그대는 꽃

그대는 꽃
특별히 눈에 띄는 꽃이 아니어도

어느날 문득 눈가에 나타나는
그대는 꽃

꽃 향기 만발할 때
양지 반 응달 반
껴안고 숨 죽이고 피어난
그대는 꽃

비 바람 몹시 힘겨운 날
모진 고통에 눈물로 시를 쓰는
그대는 꽃

누군가 말을 건네지 않아도
문득 눈가에 향기를 품어
말없이 미소 짓게하는
그대는 꽃

여름나기

복날엔 삼계탕이라
길가는 닭 잡아
털은 죄다 뽑아 놓아

가마솥에 물을 팍팍 끓여
닭죽이라도 쑤어 먹으면
여름 더위는 물러가려나

여름 날이면 냇가에
주욱 둘러앉아 닭잡아 막걸리 한 사발
부어 밤을 새던 시절

오늘 여름 더위 나려고
시장에서 닭 잡아 움켜쥐고

집으로 돌아와도
오는 이는 없고
솥에 가스랜지 불만 키우는구나

도시의 여름 밤은 이렇게
삶은 닭과 찾아든다

순종

반바지에 샌달 신고
새벽 종을 울리니

아침부터 주님이 놀라

반바지에 샌달은 너무하니
긴바지에 운동화가 어떠하냐
순간 기분이 어찔 어찔

주님 말씀 하시길
전쟁터의 명령은 언제나
순종으로 대하여야 하는데

그것이 최고의 법
아니지 않느냐

마음이 움찔하여
긴바지에 구두 신고
다시 제단에 올라

순종의 덕을 배우네

천국의 문

손 끝에 전달되는
이 감동 환희

어느날
천국의 문을 열고
십자가에 베어나온 피의 눈물

마음의 죄는 눈물로 얼룩지고
손은 피로 범벅일 때
고개는 절로 숙여지고
천국의 문은 열려 있네

세속의 사랑은
한갓 유행병이란걸
이제서야 알겠구나

사랑이란
영원히 베푸는 것임을

영원한 천국의 문을
열고 있네

그 분을 영접하리
"딱" 꿈일게야 "이건"

거울에 빠진 개미 한 마리

한 마리 개미 있어 늘 일만 했지
그것이 개미의 일생인줄 알았어

어느날 거울을 쳐다본 개미는
늙고 추한 또 하나의 개미를 보았네

개미는 웃었지
그러나 거울에 있는 또 하나의
개미는 불렀네

개미는 울고 말았어
거울속의 개미가 또 다른
개미가 아님을 알고

개미는 거울을 피해 길을
또 다른 길을 만들었지만

거울속의 개미는
그러한 개미를 비웃고 있었지

어느날
거울속으로 들어가기로 했어
거울을 보며 개미는 울었네

거기엔 지금 개미는 없어
다만 껍데기만 홀로 남겨져
개미를 기다리고 있지

다른 개미는 거울을 쳐다보지
그곳엔 개미가 웃고 있어

삶

애벌레의 몸부림은
손 끝의 진물로
나비가 되어 날고

냄새를 닦는 두 손은
말없이 건넨
월급 봉투의 내음이라

화상의 진물에 뿌린
간장 한 종지의 고통이라

사랑의 열정은
흙속의 자양분이 쌓여
꽃의 향내를 더하네

발바닥은 꽃 길만 찾고자 하네

침실에 달이 들면

침실에 달이 들면
어둡던 그늘에 웃음이 돌지

침실에 달이 들면
배 난간에 앉아 듣던
인어의 노래 소리를
듣고 있지

침실에 달이 들면
어두운 산속에서 들리던
정체모를 소리를 듣게 되지

침실에 달이 들면
거친 숨소리를 몰아내듯
눈가에 사랑이 감돌지

오늘도
어김없이 나의 침실에는
달이 들겠네

점

점쟁이 용하단 말에
엄니는 점을 보러 갔재
자식들 위한답시고

재 넘어 점쟁이는
생 년 월 일 시를
턱보고 하는 점괘가

큰 자식은 헛 공사라
내년에나 실한디
며느리는 입만 살았어

큰 손자는 결혼 수가 늦으니
사십이야 되야겠는디
작은 손자는 자격증이
세개는 되야겠어

근디 가만히 생각해보니
점괘가 매년 똑 같았어

점을 보고나면 불만이
이만 저만이 아니였재
너무 좋지 않았거든
나도 생각있어 곰곰히
생각해보니

그제서야 알겠어
물질은 한계 있어 가진 놈은 몇 안돼
그게 인생이야 나만 못 갖는 것이 아닌디

물질적인 부족은 다 똑같아
그것을 쫓는 마음이
잘못 된거지

차라리 복채낼 돈 아껴서
막걸리에 순대 국밥 사먹고

기도나 해야겄어
"주님 뜻데로 하소서" 라고

춤추는 자연인

김 창 동 (초은)

60년생 전 광운대 교직원
서글한 눈매에 늘 웃음을 머금지만 속은 알차고 탱탱
여행을 즐기며 세월을 낚고자
쓰고 싶은 글 마음 껏 써보려고 하지만
글 솜씨가 없다고 겸손 떠는 중

담아두다

오롯이 내 안에 모든것을 담아 둘 수 있는 것은
오직
나의 존재를 만들어 준 가족
내가 존재 함으로써 존재하게 되는
가족이 아닐까.

며느리

처음 = 두려움
처음 = 기대감
처음 = 성취감
처음 = 자부심

······················

오늘 처음 맏며느리가 집에 들렀다.

······················

오늘 처음 가장의 책무를 한꺼풀 벗음을 느꼈다.

낙서

ㅇㄷㅇㅈㅈㄴㄴ?

뭐라도 좋으니 좀 써서 보내줘라

ㅍㅈㅈㅎㅈ!

에~~~~~휴~~~~~

아들아~~~~~

문득

문득 문득
떠오르는 모든 것 중에서
가장 하고픈 건

제일 그리웁고,
함께 있어 보듬어 안아보고 싶은
당신입니다.

부모님!

내님을 위한 사랑

양귀비 꽃 이쁘다 한들
나의 님만 못하였고

내님의 정열은
앵초와 닮았으나

화려한 장미 잎이 툭툭 떨어지던 날
아스팔트 타르가 새빨간 태양에 녹는 것 처럼
내 몸 속 오장육부가 타들어 갔다.

어제는 오늘과 다르지 않고
오늘은 내일과 다르지 않다고 믿었건만
내님이 세월따라 녹아드는 건 막을 수가 없더라.

앞으로도 세월은 흐르겠지만
보라색 튤립 꽃처럼 영원한 사랑 변함없이
내님 곁을 떠나지 않으리라.

충돌

빅뱅
태초의 시작!

충돌
무언가 태어남의 시초!

역시 혼자 존재한다는 것은
있을 수가 없다.

그것이 유생물과 유생물의 관계이든
그것이 무생물과 무생물의 관계이든
그것이 유생물과 무생물의 관계이든

상호간의 작용이 없으면
블랙홀!
영원한 블랙홀!

우산

언제 부터였니? 너와 나
부모님 씌워 주던 시절에 처음 만났을까?

......

한창 젊었을 때
호기롭게 '우산 같이 쓰실래요?' 하며
작업의 도구로 나와 함께 하기도 했잖아.

......

사나이는 태어나서 세번 운다는데
비가 툭툭 내려 떨어지는 날
너 없이 비를 맞고 싶은 요즘
더욱 더 너는 내 곁에 필요한 존재가 되어가는 구나.

눈맞춤

차마 눈맞춤 할 자신이 없었습니다.
나는 당신에게 결코 떳떳할 수 없기 때문입니다.

벼룩이도 낯짝이 있는데,
제가 감히 어떻게 눈맞춤을 할 수 있겠습니까.
어린 시절부터 당신과 함께 했던 모든 순간에도
꺼리낌없이 얼굴 치켜세우며
똑바로 쳐다 보며 대들었지요.

그렇게 안하무인이었던 저의 요구를
그것이 무엇이든 당신은 들어주려 하였습니다.

그것은
당신의 포근한 요람을 나에게 내어 준
그 순간부터 당신과 나는
한몸이었고 언제나 함께 했기 때문이었습니다.

아가페! 위대한 사랑
이제와 당신 시긴앞에 무릎 꿇고 눈맞춤하니
하염없이 웁니다.

청평에서

이른 아침 새소리에 눈을 고쳐 뜨니
뿌연 운무는 산을 디딤돌 삼아
능성이를 휘돌아 나오네.

청평댐 에두른 안개에 청평 보는
보일똥 말똥 하며 부끄러워 할 적에
안개를 헤치며 해가 얼굴 내민다네.

청평 강변 집들은 깊은 잠에 들었는데
선후배간의 30년 정을 나누며
즐거이 하루를 지세웠네.

이른 새벽 자리털고 일어나 바라보는
강가 옆을 따라서 놓여진 철길 위로
새벽 기차가 힘차게 달려가네.

이제는 각자 집으로 돌아 가야 하는데
서로 미소지으며 헤어지는 얼굴 뒤로
아쉬움이 가득 하네.

휴식

눈을 감는다.
도시 한가운데 작은 사무실
혼자다.

사무실 밖
콘크리트 건물 올리는 공사장 망치 소리 하나가
모든 소음을 다 잡아먹는다.
나와 망치의 신경전.
무시하자.

의자 깊숙이 몸을 더 밀착시키고 호흡을 고른다.
뇌를 굴리고 심장 박동을 망치 소리에 공진시킨다.
이탈음은 쉼의 멜로디로 만들어 바꾸어 본다.

쿵덕 쿵덕 쿵더덕 쿵
쿵덕 쿵덕 더더덕 쿵

장단에 익숙할 즈음
대지가 보이고, 자연이 보이고, 하늘이 보이고,
나는 죽었다.

중요

무에가 중요헌가.
숨쉬는게 중요허다!

요즈음 공기 맑아 너무너무 좋음이라~
크하하하
한바탕 웃어보네.

무에가 중요헌가.
날씨가 중요타!

한 여름 태양이
홀딱 벗어라 재촉하고
살가죽을 홀라당 태우는데

비 뿌려 식혀도 주니
날씨 또한 아니 중요 하던가.

크하하하
한바탕 또 웃어보네.

밤하늘

밤하늘은 나의 고향
항상 그대로 그 자리에 있지요.

밤하늘은 나의 고향
항상 어디에서도 볼 수 있어요.

밤하늘은 나의 고향
내가 슬퍼서 눈물 흘리면
나의 눈물 감출 수 있게 별비 내려 보내주어요.

밤하늘은 나의 고향
말똥말똥 잠 안올때면 은하수 별 숲길로 초대해서
함께 놀자하지요.

밤하늘은 나의 고향
언젠가는 영원히 나와 함께 하는
내 마음의 고향이랍니다.

밤하늘은...

어린애

아해
어린애
청소년

요즘은 어른들과 구분하기가 너무 애매하다.

사회가 이상하게 만들어 버렸다.
부모들이 이상하게 만들어 버렸다.
어른들이 이상하게 만들어 버렸다.

철없는 것과
철든 것은
기준이 되지 못한다.

나이로도 딱! 자를 수 없다.

착실하고 모범적이고 착한것과
못되고 막나가고 나쁜 것과도 상관 없다.

그냥
사회가 그렇게 만든 것이다.

부모가 그렇게 만든 것이다.
어른들이 그렇게 만든 것이다.

나쁜 짓 하는 이유
부모 차를 몰고 나가서 사고 내는 것이나
먹을 것 없어서 도둑질이나 강도 짓 하는 것이나
오십보 백보다.

그럼에도 불구하고
그것을 바로잡을 수 있는 것은
아해도
어린애도
청소년도 아니다.

그것은
사회가! 부모가! 어른들이!
반성하고 책임져야 한다.

그래야만 한다.
그래야 사람 사는 세상이다.

사는 방법

모태와 아기였을 때는
님의 뜻대로
하라는대로 살았습니다.

무언가 쬐끔 알만한 시기가 되었을 때는
자의와 타의로
순종과 반항을 하며 살았지요.
더불어 빨리빨리 세월가기를 빌었습니다.

성인이 되었을 때는
내 뜻대로
마음가는 대로 살았습니다.
더불어 시간이 한없이 늘어지기를 빌었습니다.

은퇴 후 지금까지는
그럭저럭 일부는 눈치도 보며
자의대로 살아 가고 있습니다.

더불어 점점 더 시간은 빨리가고
늦출 수 없음을 안타까워 합니다.

노인이 되면
노인이 되면
노인이 되면.......

빨리 죽어야지 하며 살게 되겠죠.
그리고 시간 가는것은 의미가 없을 겁니다.

약이나 챙겨먹고 살며
말과 행동은 틀려지지 않을까요?

자화상

조 남 현 (시재)

62년생 충남 부여 태생
화가 전위예술가 시인
그림, 전위예술 부문에서 수많은 활동과 대상 수상

시는 나에게 한폭의 그림이다.
시를 쓰는 것 보다는
그리는 것이 편하고 내안의 나를 끌어 끌어내는 작업!
참 나를 찾아서 떠나는 스케치 여행이다.

하늘의 바다여

하늘이 바다에 내려와
바다를 포옹해 주나니
하늘과 바다는 하나

어서 떠나 가자
조르는 아기파도와
끼륵끼륵 우는 갈매기
바다와 하늘의 포옹도 잠시

육지를 뒤로 한 체
소리없이 떠나가는 바다
끼륵끼륵 갈매기
처얼썩 처얼썩 아기 파도
보채는 갈매기와 아기 파도

떠나가는 바다보다
떠나 보낼 수 밖에 없는

하늘만 하련가만

가려거든 가려므나
오직
바다만 기다리는 하늘

때가 되면 썰물이 밀물되어
되돌아 온다는 것을 아는 하늘
바다여 하늘의 바다여

모항 서해바다에서의 추억

온통 바다다
온 종일 비가 내리니
막걸리에 자연산 회

소라. 멍게. 해삼. 낙지.....
비와 바다는 특별안주 삼아
오감만족 행복만땅이라

하늘과 바다도 하나가 되고
비와 바다도 하나
나와 비와 하늘과 바다도 하나다

마셔도 마셔도 취하지 않는 술
마시고 또 마시니 육신이 행복함이라
통통배가 바다를 깨우는 소리가 정겹다.

떨어지지 않는 발걸음
뒤로한 체 서울행 고속버스를 타고
서울 도착쯤 비의 배웅은 끝나고...

행복한 산책길

가파른 뒷산 산책길
가다보면 빨간 산딸기
어린시절 추억이 어린다

빨간 산딸기 한웅큼
추억을 담아 따 먹는다
시큼달콤 추억은 맛나다

개암나무엔 개암이 주렁주렁
나의 추억도 주렁주렁
산채길에 행복도 주렁주렁

여름이와 봄이 힘들다며
혓바닥에 땀방울이 주렁주렁
산책길에 산딸기도 주렁주렁

이른 아침 산책길
여름이와 봄, 하늘이가
굿노레 불리기는 행복 기득 신책길

나는 풀

풀도 꽃이라고
왜냐고
풀도 꽃을 피우니까

풀도 애초에 꽃이라고
이름을 지었다면 꽃인 것을

풀이라 부르니 풀이 되었듯이
사람도 처음부터 사람이였을까?

어쩜 나 풀이였을지도
어느날에 나를 "사람아" 부르니
사람이 되었듯이
많은 이들이
미친 예술인이라고 부른다해도

나는 풀이 아니라
풀잎 이슬방울을 먹는 천사가 되어
불태우는 혼의 예술인이 되리라

그러다가 풀로 되돌아간다 하여도
나는 행복하였네라
풀이 꽃처럼 살았으니까

불나방의 꿈

예쁜 꽃향기 찾아서
날아다니는 나비가 되어
이쁘게 살고 팠던 불나방

불타는 밤
이꽃 끼웃
저꽃 끼웃거리며...

세상을 헤메이다
돌아온 탕자처럼
아름다움을 찾아 떠도는 불나방

예술의 꿈 찾아 떠돌다가
금괘 찾아 떠도는 금나방 되었나?
파아란 하늘과 들꽃이 그리운 불나방

파아란 하늘과
피어 흩트러진 들꽃을 보니
자연으로 돌아가고파라

아름다운 나비 한마리
들꽃들과 춤을 추며
이꽃저꽃 날아다니네

양팔엔 둥글게 꽃가루 달고
사랑의 메신저 되어서
이꽃저꽃의 중매쟁이 나비야

나도 나비라고...
불꽃향기 찾아서 날아다니는...
나비가 되고픈 불나방은

지 몸 타 죽을 줄 알면서도
불속으로 뛰어드는 불나방
꽃보다 불을 더 좋아하는 불나방

나비가 되고 싶은 불나방
하늘과 들꽃이 사무치게 그리워
별찾아 헤메이는 불나방

죽어도 좋아
나비가 되고픈 불나방
불이 꽃처럼 아름다운 것을...

본능이란
나비가 불나방이 될 수 있으련가
불나방이 나비가 될 수 없어라

나비가 되고파서
불속으로 뛰어드는 불나방
죽어서라도 나비만 될 수 있다면...

죽어도 좋아라
나비의 꿈을 간직한 체...
불 속으로 뛰어 들었네

순간!
불속에서...
날아 오르는 나비 한마리!

모항의 술친구

모항만 빼고 온통 바다다
종일 비가 추적추적 내리고
바다와 비는 술친구 되어

막걸리에 자연산 회
소라, 멍게, 해삼, 낙지...
춤추는 바다와 노래하는 파도

하늘은 비를 내려주고
바다는 비를 마시니
하늘과 바다는 술 친구

마셔도 마셔도 취하지 않는 술
하늘과 바다는 어깨동무하다가 잠이 들고
취한 바다를 깨우는 통통배 소리가 정겹다.

비상

바람이 분다
나무들아
춤을 춤을 추어라

서로 엉클어져
광적인 무희들처럼
하나되어 춤을 추어라

삶도 부딪침의 연속이던가
그러면서 익숙해 지듯이
서로의 아픔을 보듬어 주는 나무들...

세차게 바람이 부는 날
멈췄던 심장이 뛴다
내가 살아있음 느낀다

바람아 불어라 더욱 세차게...
용솟음 치는 소우주여~
나 바람과 우주의 춤을 추리라

세상을 삼켜 버릴 것 같은
미쳐가는 휘오리 바람처럼
던컨의 춤도 삼켜 버릴 것 같은 바람아!

무를 찾아 헤메이던 바람
태양과 지구를
삼킬듯이 달려든다

바람이 분디—
잠자는 자아를
죽일듯이 깨우는 바람아

바람의 기류를 찾아서
급 상승하는 새처럼
나 하늘 높이 비상하리라!

인사동은 나와 샴 쌍둥이

나는 인사동을
많이 안다고 착각했다

그런데 인사동이 나를 보듬어 주고
배려해 주고 있다는 것을 느끼던 날
이방인 되어 인사동거리를
걸어가는 나에게
나무들은 말한다

"괜찮아!"
"내가 널 사랑하고 기억하니까!"

그래서 더 가슴 아프게 하는 인사동
차라리 이방인처럼 그냥 지나치고 싶은데
인사동 거리는 지나간 많은 일들과
생각들이 교차하는 순간

온 몸이 부르르 떨만큼,
희노애락의 삶이

각인된 인사동거리

하늘에 수많은
별들이 오르내리던 인사동
밤하늘이 내려 앉은 듯
어둠과 현란한 빛들이 가득한 인사동
텅빈 거리를 애닲게 걸어가는 나

잠시 생각 해 보니
인사동은 남이 아닌
내 반평생이 살아 숨 쉬었던 곳

인사동이 힘들면 내가 아픈
우린 샴 쌍둥이처럼
떼어선 생각 할 수 조차
없었던 곳이였는데...

다음엔 내가 먼저
인사동에게 가슴을 내밀어 보리라

행복한 바보

내가 알면 남들도 다 알 것이다
내가 모르면 남들도
다 모를 것이다라고

이 편견의 생각이
나를 바보로 만들고
늘 그래서 나만 바보다

사랑할 땐 온 세상이 사랑으로 가득
행복할 땐 온 세상이 행복으로 만땅!
아무도 모를거야! 생각하지만

너 요새 사랑하지? 얼굴이 폈네
너 요새 행복하지! 행복이 줄줄새
아무리 숨겨도 사람들은 다 안다!

나는 참 바보다
그 들킴이 참 쑥스럽지만
나를 행복하게 만든다

바보면 어떠랴!
사랑받는 바보
행복한 바보 되리라

문득

문득
바람이 스칠 때
소름돋는 고독 너니?

문득
누군가에게 사랑이 느껴질 때
끝없는 바다의 침묵! 너니~

문득
눈물이 날 때
그리움 너니?

문득
하늘을 우러러 푸르름이 주루룩
파아란 행복아 너니?

문득
그런 것들 마저도 무의미 해질 때
친구야 너니!

문득
아무것도 아닌 것이
아무것으로 느껴질 때
동반자! 너였구나

어여쁜 마음

새날 아침에
이슬처럼 영롱한
그 마음 닮고파라

빗물이 혼탁한 세상을
깨끗이 씻어 내듯...
맑고 푸른 하늘 닮고파

작은 옹달샘 물 위에
내 맘을 둥둥 띄우면
꽃잎처럼 어여쁜 마음이 될까나?

고아 아닌 고아

예전엔 부모님과 언니 동생들
그리고 남편과 아들 딸
모두가 한울타리

어느날 아버지의 하늘나라로
끝내 어머니도 가버리고...
홀로선 돌하루방 되어

저 멀리 수평선 바라보며
아버지 어머니를 불러도
끼룩끼룩 갈매기만 울어대누나

외로운 섬 하나!
한그루의 나무와 새, 물고기...
그리고 나는 고아 아닌 고아라네

설레임!

초등학교시절 소풍 전날
새신발 머리 맡에 놓고
잠 설치던 그 설레임 !

그 시절처럼...
작품준비 끝!
오프닝 준비끝 하곤 맘의 여유

빨간 구두 사놓고
전시오프닝 기다리는 설레임
그 맘 아직도 살아있네요

속이 허한 날

속이 허한 날은 이것 저것
닥치는 대로 다 먹는다

먹어도 먹어도 채워지지 않는
속이 허한 기분은 뭘까?

배가 고픈 것이 아니라
정이 고픈 날!

그리운 정을 채우려면
나는 김치를 담근다.

얼가리 배추와 열무를 사서
소금에 절구었다가 씻어 소쿠리에

물을 빼는 동안 빨간 고추, 마늘, 양파,
배, 사과, 생강을 모두 믹서기에 간다

찹쌀풀을 써 식히는 동안
소쿠리의 김치를 대야에 넣고

갈아둔 양념들 넣는다
액젓과 소금으로 간하고
생수물을 자박하게 부어 만든 자박김치
그리고 금방한 밥을 대접에 푸고

방금 담근 자박김치에
고추장을 넣어 비빈다!

그리고 한 수저 떠 입안에
넣으면 그 맛 캬~ 죽여준다

이제서야 고팠던 그리움을
한수저 한수저 채운다

배고픈 날!
정이 그리운 날

나는 자박김치를 담아
밥을 비벼 먹는다

허한 속이 행복으로
그제서야 꽈~악 채워진다

가을바람!

그 기승을 부리던
무덥던 여름도

부드럽고 선선한
가을바람에 사라지고

가을바람은
님의 손길처럼

열심히 일한 사람들
방울방울 맺힌 땀방울을

소리없이 다가와
싹 식혀주고 가누나

어찌 그리도 고마운지
님을 닮은 가을바람

가을들녘 누런곡식들
어서들 익으라고

 솔솔 불어주는 가을바람에
기분좋아 춤추는 누런곡식들...

언제 어디서든 지친 손 내밀면
꼬옥 잡아주는 가을바람

정겨운 님의 손길처럼
늘 고마운 가을바람

행복한 추억여행

하늘과 바다가
추억을 찾아 떠나는 여행

하늘, 바다, 영종도, 선녀바위,
팔각정, 갈매기, 텐트, 모래사장...

레드와인과 빨간수박은
비상하는 불새의 심장처럼

파도가 불러주는 사랑가
더 뜨겁게 뛰는 심장

솔밭 사이 텐트 그 자리엔
빈 벤취만 누워 있어라

바닷가 모래사장에서 만든
또 하나의 사랑의 추억...

갈매기떼 날다가
발길을 멈추게 하누나

추억여행에서 찾은 사랑
다시 배가 된 사랑의 추억은...

정직과 성실이 낳은
사랑으로 무럭무럭 자라고

파도가 부르는 사랑노래
선녀바위만 아는 사랑가

애마에 고이 담아
돌아오는 추억여행

사랑으로 쌓은 탑
행복한 추억여행

나의 요트에서

침대에 누워서
창문만을 응시하노라

바람이 불면
커텐이 그네를 타듯

나를 향해
뛰어 오르다가

바람이 부르면
천천히 내려가는 커텐

바람이 다시 커텐을
후~ 밀어 붙이면

커텐은 춤을 추듯이
한들한들 섹시한 유혹

그렇게 하루종일 나를
유혹한 커텐에게

기꺼이 넘어가 주리라
너울너울 하얀 꽃무늬 망사천

바람아 불어라
꽃나비처럼 하얀 날개짓

나를 유혹하거라
어서 일어나 춤을 추자고

하얀 망사천 너머 초록나무들 사이로
하늘도 너의 춤사위에 넋이 나가서

너만을 응시하노라
그 설레임의 꿈을 꾸노라

침대에 누워서
보이는 것은 커텐 뿐...

바람이 불면
커텐은 하얀 춤을 추다가

바람이 어디론가 사라지면
그저 바라만 보는 우린 그런 사이

망망대해
뗏목을 타고 방황하며

떠도는 나의 영혼아
힘껏 팔로 노를 저어 보자 하지만

늘 그 자리
기인 정적만이 맴도는 그 자리

요트를 타고 휴식을 취하는
나의 영혼아

나의 요트
침대 위에서 노니나니라

한 조각의 봄

봄꽃들의 축제
꽃들이 미쳐 발광

빌딩과 빌딩사이
수줍게 숨어서 핀

봄 한 조각
하이양 목련들의 합창

하얀 웨딩드레스를 입은
신부들 되어 우아한 아름다움

골목길 들어서니
섹시미를 자랑하려고

자색목련의 요염함에
장희빈도 저리가라

도심의 한복판에 숨어 핀
봄 한 조각을 찾으니

이가 빠진 동그라미
퍼즐 맞추듯

봄 한 조각 채우나니
행복도 만땅이더라

몸짓

가락 하나 하나가
튕겨내는 소리들

그 소리가 나의
심장을 뛰게 하노라

하늘이시여
사랑하게 하소서!

사랑하지 않으면
숨이 멈춰질 것 같사오니...

하늘에서
사랑을 내려 주소서!

오로지
나의 양식은 사랑이므로...

사랑의 힘으로 춤을 추나니
사랑때문에 죽어도 좋아라

손가락이 튕겨내는 가락이
온몸 칭칭 감아서

꼭두각시의 몸짓이 된다해도
사랑으로 풀어가리라

사랑하게 하소서
그 사랑을 통하여

하늘 문을
활짝 열게 하소서

강렬한 몸짓으로
당신을 사랑하게 하소서

전통쪽빛축제
전위예술가 조남현 / 사진작가 김재필

김 중 열 (한톨)

48년 서울 태생 현 여울아라 리더
1집 사랑을 품어..... 2집 서열의 역전
3집 존재의 이유   4집 자야와 함께
늦깍이 글쟁이로 시 맛을 알아가는 중
의식, 빛의 물리학 등을 탐구 중
특히 호칭은 "어삿님" 불러주면 실없이
좋아한다네요

아쉬움에

사랑에 눈을 떠
여린 씨앗들 움터
그리도 좋아 마음속 새록새록
이슬에 그려가며 간직하니

해맑아진 눈망울
설레기를 아침마다 성글성글려라
사랑으로 부둥켜 휘감겨 오더란가
솔바람에 뒹굴러 튕겨 오기를

어여쁨도 어제로 되돌았더냐
거친 바람 장대비의 앙탈로
꽃몽울 피어올라 그려가니
어설픈 눈짓 따라 헤퍼질 웃음이랴

흐트러진 어느 날의 매무새
생기 잃어 흩날려 가나니
떠밀린 망각의 늪 맴돌아 아쉬움 더해
예쁜 추억 춤사위 그리기를...

차마

비가 온다
빗방울이 후두둑 떨어진다
막걸리를 마시자 본능을 불러내어
그녀를 떠 올리며
막걸리잔 반쯤 부으다가
멈춫하고 말았다

왜냐고?

잔이 차오르며
그녀가 웃는 모습이 그려지니
더 부으면 그 모습을 잃어질까
차마

그냥 술잔이 마비되어
마냥 좋아서 부르르 찰랑거려
그래서 비가 오는 이대로 멈추었으면 하는
그런 바람이 스며들기에

시큰한 홍초

빈 잔 그 안에 시큰한 홍초
덤으로 막걸리 가득 삶도 부어라
마구 휘저어 마셔볼까

어울릴 벗 있더냐
양동이 속에 나룻박 하나 떠다닌다
웃음 가득 띄우며 권해 줄
권주가 가락 따라 흔들 흔들리며

한판으로 전해지는 마음
시큰도 걸직도 반판으로 나누어서
때로는 격정으로
큰소리 바람 품어 맴돌아 치솟는 기쁨

마시자 부어보자
항상 젊음이 되어 흥얼거려
눈빛 맞추어 바라보기를 손과 손 보다듬어
휘엉청청 달무리도 춤 한마당 펼칠래라

황혼의 거울

내가 아파할 때 가슴을 즈밀리며
너를 바라보며 했던 그 한마디 있어
여직 기억하느냐 묻지는 않으려오

이제것 너를 위하기를, 따르기를
달려온 삶이 아니라며 쌀쌀만 하더라니
바라보지 못할 얼굴로 숨겨 있어

때때로 부여잡고 울고파 치마폭 찢어져라
땡기고파 그런들 돌아서려나
그냥 매몰찬 사랑이란 그런 거라며

문득 다가서고 싶어도
저멀리 외면하려 애쓰는 그 모습에
부잡지는 않으려니 서둘지는 마오

그대 호기심에 어려진 치기 되어
상처를 입어가며 저너머 황혼의 거울 속에
비추어 가겠다 한마디만 남기기를...

꽃 또한 지더라니

고뇌에 지친 밤에 피는 꽃
갈대숲 바람따라 뉘여 호소하는 꽃 한 송이
뻗어 오는 미명의 손길로 어루어도
그마저 외면하는 빛바랜 꽃이 있어

철도 아닌 계절에 망울져 피려 했더냐
앙칼지게 투정하여, 못 떠난 겨울바람에
살얼음에 시려서 피우지 못한 사연 토하며
여늬 한 꽃 또한 지더라니

카랑카랑 소리하여 위로를 하려더냐
휘리릭 바람 좇아 봄이, 봄이 왔다 하며
뉘가 그리 전했냐며 이미 갔느냐 묻기를
무거워진 실눈에 힐난만 더 하기를

못 피워진 소망 있다 하여도
앙탈로 보아달라 보채지 아니하여도
곧 떠오를 태양으로 퇴색한다 하여도

이미 피고지고 떠나간 흔적으로
지는 꽃 더욱 화려하다
위로 받는 여늬 꽃 또한 지더라니

절로 저절로

사랑하고파도
혹여나 누를 끼칠까
그리도 염려될까 하여도
절로 저절로 흔들흔들

보면 볼수록
벙글다 시들어져 가겠지 했건마는
그건 아니라오 마냥 피올라라
저절로 절로 흥겨워 노래하려오

펼쳐가는 폭 넓은 치마와
다소곳 여밀어진
하늘 하늘색 깨끼 저고리
그 위로 살짝 몸트는 화려한 음표들로
사랑에 오선지로 절로 뛰놀라라

고맙소 고맙소 절로절로

이리 늦게라도

피는 꽃 그 위로 튕겨오는

어린 향기 저절로 튀올라라

싫커정 너스레로 화원에 요정과 노닐련다

오래전 사랑 불러 흔들며 흐드러지며

절로 저절로 흥겨워진 춤사위 흐드릴레

모든 이들 불러 함께 노니나니

절로 저절로 흥겹기를 절로라 하려거늘...

가을밤의 기도

실려온 바람으로 들녘이
꽃들도 어우러져 들썩인다
밤하늘의 별들 얼싸안아라

코끼리도 매머드도 거대한 공룡마저
태곳적 순백색을 들어내어 달려든다
환호로 맞이하는 율려의 밤은
잠든 나를 불러내어 함께 하자거늘

비록 이 밤이 다시 온다는
기약은 없다 하여도 잊을 수 있으리오
다시금 꽃들이 흔들려갈 그때

이 가을밤의 향기를
사계절 가득하게 꿈으로 앙상블로
이루기를 기도하려거늘

지갑이 없어요

피는 꽃 장미꽃 그보다 더한
잔잔한 미소 한줌 너울로 안겨 오기를
그리 어여쁜지 몰랐지요
이브의 볼, 모나리자의 미소로 다가서 오기에
장미꽃 보다도 진하기를 괜스레 투정뿐
태초의 아름다움 아니련가 하여
사랑보다 더한 애증으로 눈빛으로
태어나기 이전에 만남으로 소유도 없어요
지갑도 없어요 슬퍼질 그런 것도 없더라요
지갑이 없는 무소유의 그 마음
이해할 수 없는 어여쁨으로 그냥
지는 장미 퇴색한다 말하련가요
피는 장미 그보다 더한 유혹으로
지금 있는 그대로 지갑이 없는 그 마음
잊으련가 잊을손가 꺾여질 가시로 미소로 품기를
이제야 어여쁜지 알았다 말해주기를
설령 거짓이라도 진실이라 품어가련다
전해주기 바라고 있더랍니다

흥부가

어여쁜 꽃, 착한 벌나비
노래를 머금대는 바람 그 또한
예에는 하아 많기도 하련마는

그 중에 내 안에 샘물 졸졸
마음속 오색동산은
모두가 이제는 떠나갔던가

그 흔적 안에 피어올라
성큼 자라버린 어느날 어린 날 있어
살포시 웃어주며 까르르 소리하는
한 여인이 오늘 곁에 있기에

가파른 벼랑 길섶에 천길만길
절벽 언저리에 떠밀려 있어도
위로 받기를

옛에 있던 꽃과 벌나비 있는 그대로
그려오던 산과 갯여울 흐르는 강, 바다
그리고 제비 박씨 되돌아온 푸른 하늘

살고지고 미소 띄어 그미와 더불어져
바가지 하나 톱으로 흥부가 흥얼리며
큰바가지 주렁주렁, 터지는 꽹음과 함께

저 높은 곳에서 부르는 바람소리 품어
오늘에 힘든 나를 달래며 살고지고.

원죄

하늘이 부스러져 내려앉는다
하늘이 지몸에 겨워 가라앉는다
하늘이 이리도 무거웠던가
미처 몰랐었던 것들에 당혹감들

서서히 밀려와서 방금에 겹겹이
감히 거역도 못하여서 층층을 이루기를
헐떡인 내 가슴은 짓눌리어 있기를
그저 침묵 하나로 아우성 또 하나로

태어날 때 하늘도 이랬을까
살아온 동안에는 보지도 느끼지도 못했던
왜곡된 중압감에 눌려져 하소연만 꿈틀꿈틀
첫단추에 어줍음이 쌓인 지금이 사라지련가

한울이여 어찌하여 하며
원망도 아닌 회한의 갈망으로 외치고파도
입술은 지은 죄 많다하여 족쇄로 채워지고
쾡해져 어두워진 눈동자로만
가슴에 엎어져온 하늘비눌 바라보기를

예전엔 미처 몰랐던
지금에도 채 깨닫지 못하고 있는... 원죄를
저 깊은 곳에 뉘여져 헤갈져 있더라니

부르짖기를
하늘에 한울이여 어찌 지금에도
존재하라 하시나이까

예쁜 고래

때때로 목청껏 소리쳐 보아
노래로 불러내니 굽이치는 물결 위로
토해낸 마음 거침도 없더란다

희망의 나라 향해
처졌던 어깨도 힘껏 곧추세워
손짓하는 순풍 보듬어
물결 따라 가잔다

짓쳐온 예쁜 고래 손사래로
지새는 밤에 한잔을 더 하잔다
동해 그곳으로 달려가잔다

취한 척 격렬히 더욱 당겨
타오른 태양 또한 손뼉치기를
어젯밤 꿈도 예에 아직 있다
달래어 노닐더란다

진실된 사랑

사랑은 소유가 아니거늘
행하진 못하면서 말은 쉽더라만
늦어진 꿈에 매달려
어리광으로 다소곳 흔들렸더라

스스로 거듭나련다 하여
수없는 다짐하여 되뇌기를
푸르른 하늘 드높이 양팔 들어 뻗기를
뭉게구름도 아름다리 엮으련가

해맑게 다가선다 하여
처자들의 흰 사랑에 얽메이련가
허상에서 깨어나거라 헤어나니 꿈으로 지워갈까

아니란다
가득 차오를 우울함을 이제 내 팽개쳐
아장아장 첫 걸음 떼어보자 권하련다

지난 헛된 사랑가 널리느니 그 보다
진실된 사랑 하나로 창대하여라
샘솟아 마중물 되리라 기도하리라

바보온달

한 되의 곡식만 있어도
한치의 헝겊조각만 있어도
방아 찧고, 바느질 하려오
평강공주의 알뜰과 지아비 사랑이라

병들어 늙어간 듯 하여도
임금이 타던 말이라 하기에 길러보려오
저자에 알아보는 이가 있다 하기에
임금의 말이기에 다르긴 다를 것이라 하여

것멋에 바보온달로 흉내를 내볼까
옛 흔적 그대로라 내 안에 있으련만
평강공주 금붙이도 모를 온달에게
설마나 훔쳐오라 하련가

아직 살아있어 남은 세월에
붓대로 하늘 휘저어
거센 바람 광야에 포효하며
힘차게 한획 두획 찍어볼까

나 홀로 숨이 끊어질 때
평강공주 손길을 기다릴까

아니라오
그저 바보온달로 떠나려오
그만큼 아니여도 그저 홀로라도

블랙홀 너

사람들이 우리 둘
그런 관계라고 하는 데
"그런"이란 미세먼지?

혹자는 나에게 질투가 많다고
그리 말하는 데
질투가 몇g 또는 몇 돈짜리인지
궁금도 하다 금가루들?

그런데 그게 맞는 말이긴 한듯도
어느 날 다른 머스마와 찍은 사진이
눈에 띄는 데 온몸이 굳었던
찰라가 있었지
에너지가 몽조리 빨려간?

그러면 아니 된다는 것 알면서
나 또한 무수한 여인과 찍은 사진을
잘난척 발광(發狂)으로 올리고 있지

아무렴 어때
사랑은 소유가 아니라고
떠든 게 누군데

블랙홀 너
그런 것들 깡그리 빨아들일 뱃장 두둑
나는 그런 뱃심도 없더라는

지혜롭기를

넘치게 부유한 자
지독히 빈곤한 이에게
없다고 멸시라고 던지련가
베풀겠다는 마음 있어
어망을 너른 바다에 투척하니
멸치 한 바탕이 아니련가
여유롭게 팔딱팔딱 뛰어노는
삶의 희열 넘치건마는

책장에 가득 채운 허상들
거미줄과 먼지로 동굴을 이루더라
그 또한 지혜롭다 하려더냐

계영배를 들어보자
가득 채우기 전에 아쉬운듯 베풀기를
가득 채우기를 거부하더란다

틀니 낀 멸치 하나
살겠다 몸부림 치는 벼룩 한마리
개미 한마리 책갈피 사이를
튀어 보았자 기어보았자
얼마나 오르고 기어가련만

거미줄에 걸린 나방이 하나
살겠다 퍼덕이다 틀니가 튀어나올까?
다가서는 거미가 있을까만
뛰다닌들 지혜로울...손?

그녀와 코끼리

장터에 몸집이 꽤 큰 코끼리 한마리가
어슬렁이고 그 옆에 한 여인이 여린 채찍을
흐느적 휘둘리고 있는 한낮이 깨어난다

코끼리 긴 코가 여인의 옷깃을 파고들며
농익은 젖가슴을 주물 주물럭이니
장터의 한낮이 술렁이며 개미들도 모여든다

채찍이 휘둘리며 땅을 친다 흠칫!
놀랜 코끼리 익숙하게
뒷발로 서며 긴 코 곧추세워
구름을 휘감으며 소리를 내지른다

구경하던 사람들 바구니에 쩔렁쩔렁
한닢 두닢 그리고 수북히 쌓여가는
동전과 지폐 몇장에 여인은 다시금
채찍을 들어 힘차게 풍요해진 땅을 친다

개미 몇마리 코끼리 뒷발로 기어 오른다
간지러움에 코끼리 부르르르 몸을 떤다
참던 방귀를 뿜어내며 살짝 튀 오른다

우수수 개미들은 떨어지고
사람들은 그녀를 보고 흥분하고 있다
박수를 치고 바구니에 또 던지고

기지개를 켜는 노을 속에 사라져가는
그녀와 코끼리에 아무도 관심은 없다
떨어져 뭉그러진 개미중 살아남은 몇마리
못난 오리로 뒤뚱이며 동굴로 기어간다

삶의 찬미

쪽배 하나 보물섬 찾아
낡고 어설픈 지도 하나 꿰차고
폭풍우 몰아친 후 흔들흔들

고갯길 넘어져도 들녘에 네가 있어
아픔 잊고 고운 손길 펼쳐달라
넉살로 어리광으로 설렁설렁

갈대숲 억새 그 안에
큰 숨 쉬어가자 소리 없이 속삭이기를
저기 저 건너로 저어 가자며

밤하늘이 별을 뿌린다
윤슬에 어우리니 달빛도 꺼내 들고
그리 좋아 흥에 겨워 절로 저절로

비워진 나머지, 세월에 흔들려라
덩실덩실 더덩실덩실 어깨춤 가벼이
정념이란 마차도 불러 달려가잔다

삶의 나머지가 얼마인가 헤아리며
손가락 모자르면 네 것도 빌려보자
어제는 어제로 내일에는 내일을 불러
보물섬 찾아 떠나잔다
순풍에 실려 흔들흔들
노를 저어 네 안으로 달려가잔다

일렁이는 물결도 네 안에서
은하수에 고동 울려 뱃길로 달음질 하니
유성이 흔들린다 혜성도 안기겠다
앙탈로 별이 빛나는 밤이란다

비바람도 메아리로 맴돌아 그려진
아해의 꿈 누님의 품 그 안에 너울지니
기다리기만 하려나 힘껏 노를 저어가자
희망으로 꿰차고 삶을 찬미하잔다

미녀의 수다

전화 좀 해주세요
톡이 살짜꿍 떠오른다
이모티콘 부르르 떨며
이슬 맺힌 장미꽃 되어
함초롬히 피오른다

그냥 좋아하기에
마냥 까르르 수다 떨기에
자판으로 손이 끌려가기에
끌리며 떨리기를 마냥 좋기에

사진 몇장에
자랑 몇마디에 끌려서
그저 수수한 수다가 좋더라며
오늘도 반쪽만을 품는다

장미 또한 꽃이기에
가슴에 깊숙하게 숨겨온 사랑 봉오리
스쳐갈 바람 또한 멈춧 머물어 귀를 쫑긋
네 안에 향기 품고 가련다 소리 있어

아직은 채 못피운 장미라고 하련만
언젠가는 피는 꽃 또한 시든다 알고 있기에
어린 아해 그 마음이 미뻐서 그저 듣기만 했더라니

하고픈 말 한마디 한송이로
장미되어 거듭나 사랑하여라
꽃 속에 노래 함빡 품어가잔다

위로와 희망으로 꽃을 피워보자
내일엔 벙글려니 기다리잔다
우주를 불러내어 화답했더라
율려의 가락으로 춤을 추기를...

그럴 때가

누구나 외롭기를 허전하다
그럴 때가 있으리라

누구나 사랑이란 노래를 부르고 싶을
그럴 때가 있으리라

기다리던 여인이
침묵할 그런 동안에
괜스레 허전하여 슬퍼질
그럴 때가 있으리라

혹 어떤 여인은
자신을 달래려고 양푼이를 두드리기도
또는 지아비와 밀당으로 한잔의 술을 건네기도
그럴 때가 있으련만 어찌하여 너는 모든 것을
스스로에 탓으로만 품으려 하려더냐

위로란
더한 고통이란 것을 알고 있기에 아니 하련다
너는 어찌하여 홀로 외롭다 슬프다 하러더냐
함께하면 덜 하련마는

언제인가 화들짝 안겨 오겠지
세월이 무심하다 그리들 회자되련마는
좋은 날, 궂은 날도 취해가기를
그럴 때가 있으리라

늘 푸릇 푸른 마음으로 너를 기다리는
많은 이들을 알며 느껴 행복이 벅차오를
그럴 때가 있으리라
잊지 않으리라 하며 가슴에 새겨 놓을
그럴 때가 있으리라

밤에 피는 꽃

밤이 되면
벙글다 지는 꽃이기에
소쩍새는 서럽다고
소쩍소쩍 그리 울어 젖히려나

꽃가지 활짝 벌려 기다려도
못 피워진 채, 꺾여갈 때
안쓰러워 허벅지 찍어가기를
여러 날 그런 밤에 그리 멍들어져
요란스레 울어 왔더란다

허공에 소리 질러 불러
실려 가는 고독이란
밤 깊숙이 달려드는 불나방의 춤사위
덧칠로 온몸을 요란스레 흔들어 추락하여라

이 밤 지새워 뛰놀려다 바람에 밀려지며
안겨 오는 달빛
호수 위로 고고한 윤슬로 성기우니
꺾여 있는 어린 꽃 품고지고 피어나려는가

내 사랑아 순결한 내 사랑아
너를 불러보자 나의 사랑아
청초한 향기 품어 이 밤을 달래보자
밤이란 어둡기만 하더련가
화톳불 태워 밝혀 싫커정 추락해보자

오랜 고목에 차오른 꿈으로 걸치기를
몽우리져 정념으로 타올라
새롭게 솟는 꽃에 혼을 실은 봉오리로
다시금 벙글어라 맺으라 다짐하련다

소쩍소쩍 울기보다는소쩍다소쩍다 하여
환희로 채워보는 밤에
정념의 바람으로 흔들어 흔들려라
밤에 피는 꽃으로 흐놀려라 피워 보잔다
추락하며 너와 나를 태워 가잔다

아리랑 공연
전위예술가 조남현 / 안화상